LETTRE

DE J. PETION,

A SES COMMETTANS,

SUR LES

CIRCONSTANCES ACTUELLES.

S'IL est un moment où je doive rendre compte de ma conduite, c'est celui-ci : je le fais, pénétré de douleur & d'indignation. Qui m'eût dit

A

qu'un jour la pureté de mes intentions, la droi-
ture de mon ame, puffent fouffrir la plus legere
atteinte, puffent être fufpectées ! Vous connoif-
fez cette ame toute entière ; vous favez fi elle
eft capable de méchanceté & de fourberie : toutes
les actions de ma vie fe font paffées fous vos yeux :
vous favez fi je fuis bon fils, bon époux, bon pere,
bon citoyen. Eh bien ! je fuis fur le point de perdre en un inftant ce qui m'eft plus précieux que
la vie. Des calomnies atroces s'attachent à moi ;
des hommes artificieux & pervers veulent enve-
lopper ma conduite de nuages : grand Dieu ! de
quel air impur je fuis environné ! que ne fuis-je
refté enfeveli dans une heureufe obfcurité, moi
qui aime par-deffus tout la vie fimple & tran-
quille. Le malheur m'a jetté fur un théâtre battu
fans ceffe par les tempêtes ; & j'ai eu le malheur plus grand encore de m'y montrer. Certes,
je n'ai pas à rougir du rôle que j'ai joué. Jamais
mes levres ne fe font fouillées par le menfonge ;
jamais je n'ai prononcé un mot que ma conf-
cience ait démenti ; jamais je n'ai été ni l'agent
ni l'inftrument d'une baffe intrigue. J'ai toujours
parlé en homme de bien. Je défie un mortel fur
la terre, je défie ceux de mes collégues, avec lef-
quels j'ai été le plus lié, de trouver une feule
tache dans ma conduite publique. C'eft dans l'in-
timité de la confiance, qu'on fe communique li-
brement fes idées, fes projets : eh bien ! je le
dis avec l'orgueil d'un honnête homme, je n'ai
pas dit un mot tout bas dont je ne puiffe m'ho-
norer tout haut. Jufqu'à ce jour j'ai eu l'eftime
de ceux dont je n'ai pas eu l'amitié. Mes opinions
ont rencontré des contradicteurs ; mais il n'eft
venu dans la penfée de perfonne qu'elles ne par-

tissent pas d'un cœur pur. Voilà que tout-à-coup, dans un moment de crise, on croit qu'il importe de me perdre ; & je suis un factieux, un conspirateur, un homme vendu aux Puissances étrangères ! O vous ! qui les premiers avez semé ces bruits infâmes, les croyez-vous ? Non : vous êtes des lâches qui sacrifiez tout à votre ambition, & qui voulez des victimes ; je le serai, mais vous ne ferez pas fléchir mon ame idépendante ; elle s'irritera ; elle s'élévera au milieu des dangers. Citez un fait, un acte de ma part, qui soit, je ne dis pas criminel, mais qui blesse la délicatesse : citez, vous dis je, je vous en porte le défi formel. Cependant un traître doit être démasqué : l'intérêt public l'exige. Et vous, hommes foibles & crédules, qui répétez avec tant de légéreté & dans l'ombre du myslere ces criminelles impostures, vous devenez, sans le savoir, les complices des hommes les plus méprisables pour flétrir la réputation d'un homme de bien.

Je n'ai pas besoin, je pense, de justifier l'opinion que j'ai manifestée dans l'affaire du Roi. Je la crois bonne ; je l'ai puisée dans ma conscience : le décret est rendu : je me soumets. C'est-là cependant une des causes les plus actives des persécutions que j'éprouve.

Cette affaire nationale a excité un vif intérêt. Discutée dans tous les clubs, l'objet de tous les entretiens, les esprits se sont échauffés, le peuple y a pris part : il s'est assemblé dans les rues, dans les places publiques, & l'opinion la plus générale étoit opposée à celle des comités réunis. La décision a été attendue avec impatience & comme un grand événement, elle

a été contraire à cette opinion, des murmures
se sont élevés : l'indignation a fait entendre ses
cris; des mouvemens se sont fait sentir, on a
déployé un grand appareil militaire; cette force
armée n'a fait qu'irriter davantage les esprits &
qu'exalter les têtes.

Cette grande fermentation avoit une cause fort
simple. Elle étoit dans la nature même de l'objet. Dans toute les discussions d'une haute impor-
tance, le peuple ne reste pas indifférent, il s'af-
semble où il se rencontre; il se parle, il épanche
son ame; il s'échauffe, il manifeste son vœu;
j'ajoute que rarement il se trompe. Combien de
fois ces exemples ont frappé nos yeux ! combien de fois le peuple n'a-t-il pas environné le
lieu de nos séances, a-t-il jamais existé une cir-
constance plus capable d'enflammer son zele &
de lui faire déployer toute son énergie.

Mais il faut chercher des causes surnaturelles;
& surtout coupables. On a prétendu que beaucoup d'étrangers étoient répandus dans le peuple
pour l'égarer. Qu'il y avoit eu des distributions
d'argent. Je ne nie pas des faits que je ne connois
pas. Je voudrois cependant en être convaincu;
& jusques-là je croirai qu'il y a beaucoup d'exa-
gération mêlée à un peu de vérité.

Ce n'est pas tout, il faut trouver de princi-
paux agens qui dirigent les mouvemens de ces
masses d'hommes dans le sens qui convient à leurs
intérêts. Or, des intriguans qui s'entendent fort
bien en calomnies, ont trouvé qu'il étoit utile
à leurs desseins, de me désigner comme un de ces
agens. Je déclare que cette inculpation est une

atrocité ; que perſonne n'eſt plus étranger que moi à l'art de faire mouvoir le peuple, que je ne connois aucun de ces chefs de bandis, qui, ayant de l'empire ſur lui, ſonnent l'alarme dans les moments convenus, & donnent les ſignaux de raliment : qu'il ne m'eſt jamais venu dans la penſée de produire une agitation factice, d'occaſionner un ſoulevement.

Il eſt des inſurrections que je ſuis loin de condamner ; il en eſt qui ſont utiles au ſalut public, & où le peuple ſe montre dans toute ſa majeſté. Mais l'énergie du calme eſt celle qui plaît à mon caractere, celle qui me paroît vraiment impoſante : j'abhore les excès. Le tumulte & le déſordre deshonorent le peuple, & annoncent qu'il eſt peu fait pour la liberté.

Loin de moi toute idée de deſirer, de vouloir des agitations d'un genre vil & mépriſable Je dirai, puiſque l'occaſion s'en préſente, qu'une ſeule fois dans cette affaire, un rapport s'eſt établi entre les citoyens réunis le 15 de ce mois au Champ-de-Mars , & moi. Ces citoyens avoient dreſſé une pétition pour l'Aſſemblée nationale; des commiſſaires en étoient porteurs ; ils étoient chargés de parler à ceux qui s'étoient élevés contre le projet des comités, à MM. Grégoire, Robeſpierre, Prieur & moi, pour être leurs organes auprès de l'Aſſemblée, & négocier leur entrée à la barre. M. Robeſpierre & moi ſortîmes de la ſalle pour écouter ces commiſſaires, & nous leur dîmes que cette pétition étoit inutile, que le décret venoit d'être porté à l'inſtant. Ils nous demanderent un mot pour conſtater qu'ils avoient rempli leur miſſion ; nous écrivimes une lettre qui reſpire l'amour de l'ordre , de la paix , & qui , je le crois , a pu empécher des malheurs. Voilà la ſeule communication que j'ai eue avec le peuple , & je puis dire avec confiance qu'elle a été digne de lui & de moi.

Le décret a donné lieu à un autre événement très - important en lui - méme , & par les ſuites qu'il peut avoir. L'évaſion du Roi , toutes les circonſtances qui la précedent & l'accompagnent, avoient occaſionné des diſcuſſions très-vives dans la ſociété des amis de la conſtitution. Le ſentiment général , je dirai preſqu'unanime , étoit contre les propoſitions des comités. L'adoption de ces meſures par l'Aſſemblée a enflammé les eſprits, les a portés au plus haut dégré d'efferveſcence. On a cru appercevoir une derniere reſſource dans le ſilence du décret ſur la perſonne de Louis XVI. La motion a été faite d'interroger le vœu des 83 départemens, pour ſavoir s'il ſeroit conſervé ſur le trône. Des diſcours véhémens ont été pro-noncés , & la pétition a été arrêté. Au moment méme , des citoyens que l'inquiétude , le zèle & l'urgence du moment avoient réunis dans plu-ſieurs lieux publics , ſont entrés dans la ſalle & ont exprimé les mémes intentions. Il a été décidé que le lendemain on ſe rendroit au Champ-de-Mars pour ſouſcrire la pétition. Elle a été dreſſée & elle termine dans une forme qui n'eſt pas celle qui convient à un acte de cette eſpece. Les ci-toyens déclarent qu'il ne reconnoîtront Louis XVI pour Roi que lorſqu'il ſera avoué par les 82 au-tres départemens. C'eſt , il faut en convenir , une irrégularité choquante. L'Aſſemblée , par un décret postérieur, ayant dit que la charte constitutionnelle seroit présentée à Louis XVI, la loi ayant parlé d'une maniere expresse, la société des amis de la constitution s'est empressée de reconnoître que sa pétition, fondée sur le silence de la loi, n'avoit plus d'objet, & elle en a empéché la circulation.

Des membres de cette société, membres aussi de l'Assemblée nationale, se sont retirés & ont opéré une scission. Ils se plaignent de ce que depuis quelque temps des hommes très-suspects se sont introduits dans la société des amis de la constitution; que cette société s'écarte du but utile de son institution; que loin de se montrer protectrice des lois, elle les attaque & les détruit; que les députés de l'Assemblée nationale ont été outragés de la maniere la plus odieuse; qu'il ne regne plus aucune liberté dans la manifestation des opinions; que l'on qualifie de lâches & de traîtres ceux qui s'opposent à la volonté dominante; que plusieurs fois on a entendu dire qu'il falloit faire justice des coquins qui trahissoient l'intérêt de leur patrie; que la pétition est le comble de tous ces déreglemens; qu'elle tend à soulever le peuple & à le mettre dans un état de guerre civile.

Certes, il est possible, & je n'en doute pas, qu'il se soit glissé dans la société des membres indignes d'y être. J'avoue que les discussions n'y sont pas assez calmes, les opinions assez libres. L'effervescence des imaginations porte quelques fois au delà des bornes. Je crois que des membres de l'Assemblée nationale ont été en but à

des propos indécens , & qu'ils ont de justes motifs
de plainte. Si des discours exagérés obtiennent
des applaudissemens , la raison se fait aussi entendre avec succès. La pétition n'est pas criminelle
dans l'intention qui l'a dictée ; c'est un acte in-
dividuel & non collectif ; chaque membre est li-
bre de souscrire ou de ne pas souscrire , & enfin
elle n'existe plus.

D'ailleurs, faut-il abandonner ses freres , parce qu'ils sont égarés ? Faut - il détruire une société , parce qu'elle a des vices ? Et quelle société !
celle qui a rendu les plus grands services à la
chose publique , qui a maintenu la constitution
contre tous les efforts de ses ennemis ; qui a pro-
pagé l'esprit de lumiere & de patriotisme d'une
extrémité à l'autre de l'empire , & qui , par ses
nombreuses affiliations , embrasse toutes les sociétés du royaume dont elle forme le centre.

J'ai cru appercevoir que cette division étoit le
fruit d'une intrigue. Des hommes , qui portent
par-tout l'esprit de domination , gouvernoient
depuis long-temps la société des amis de la constitution. On s'est lassé de leur joug ; ils ont perdu
peu-à-peu leur influence ; ils ont essuyé des con-
tradictions : aussi-tôt qu'ils n'ont plus été les maî-
tres , ils se sont retirés , & , je n'en doute pas ,
avec l'ardent desir de s'en venger. L'occasion s'est
présentée : ils l'ont saisie ; ils ont entraîné dans
leur parti beaucoup de membres honnêtes , qui ,
par des motifs divers , se sentoient de l'éloigne-
ment pour cette société. Ils ont voulu jetter ailleurs les fondemens de leur puissance ; ils ont créé
une société nouvelle sous le même titre , ou pour
mieux dire , ils ont , par fiction , transporté l'an-

cienne dans un nouveau local ; & pour l'envi-
ronner de fa fplendeur paffée & de toute fa force,
ils ont écrit aux fociétés répandues dans les départemens, que là où ils étoient, là étoit le ber-
ceau de la fociété premiere ; qu'il falloit fe rallier
autour d'elle, & y rattacher tous les liens de la
fraternité : par-là, ils fe font flattés d'influencer
ces diverfes fociétés, de dominer l'opinion publique & de la diriger vers leur fiftême.

J'ai cru appercevoir que ce déchirement, au
milieu des moûvemens convulfifs qui nous agi-
tent, pouvoit rendre la fecouffe plus violente &
la crife plus forte ; que fi la fociété ancienne ne
fouffroit pas patiemment cet outrage & difputoit
fes dépouilles, deux fociétés rivales & ennemies
entroient dès-lors en guerre ; que l'une cher-
chant à conferver fes fociétés affiliées, & l'autre
voulant s'en emparer, chacune publieroit des ma-
nifeftes ; que dans le même département, des
fociétés pourroient fe déclarer pour la premiere,
tandis que d'autres fe rangeroient du parti de
la feconde ; que des principes des partis divers
s'établiroient, & qu'il étoit impoffible de prévoir
jufqu'où cette fciffion funefte pourroit conduire
dans ces tems d'orage & de trouble.

J'ai cru appercevoir, dans ce déchirement, la
deftruction prochaine des Sociétés des Amis de
la conftitution.

Je n'ai pas vu d'ailleurs avec indifférence un
abandon auffi brufque & auffi peu généreux. Je
ne fais quel fentiment nous porte naturellement
vers les hommes foibles qui éprouvent un malheur ou une injuftice : je me fuis fenti plus at-

taché que jamais au premier aſyle de la ſociété, à cet aſyle ſacré, où la liberté avoit fait ſi ſouvent entendre ſes mâles accens, & qu'on avoit tant de fois promis de ne jamais abandonner.

Il y a peut-être eu quelque courage à moi d'embraſſer ce parti. Je n'étois pas à cette époque un des membres les plus fervens de la Société; j'y faiſois des apparitions rares : je connoiſſois peu ceux qui la compoſent; je n'avois pas dèslors cette affection forte & intime qui me rendit la ſéparation ſi douloureuſe.

Je ne me ſuis pas diſſimulé qu'il me ſeroit difficile d'avoir raiſon, lorſque preſque tous mes collégues ſuivoient une marche contraire.

Je ne me ſuis pas diſſimulé que mes intentions pourroient être ſuſpectées, & que j'accumulerois ſur moi de nouvelles calomnies.

Je ne me ſuis pas diſſimulé que dans la lutte des deux ſociétés, l'ancienne finiroit par ſuccomber; que ſa chûte même pouvoit être très-prochaine, & qu'une eſpece de honte s'attachoit à toute défaite, tandis que le ſuccès juſtifioit tout.

J'ai fait toutes ces reflexions, mais j'ai entendu au fond de mon cœur une voix qui me crioit: là eſt la juſtice, là eſt ton devoir; & je n'ai point balancé pour lui obéir; elle a pu m'égarer, mais j'ai été & je ſerai toujours fidele à ce guide.

Je vais vous dire maintenant ce qui m'épouvante, ce qui me fait trembler pour la choſe publique. Je parle ici avec la liberté & la franchiſe qui conviennent à mon caractere. La réunion la plus étonnante vient de s'opérer au ſein de l'Assemblée ; j'en suis témoin , & j'y crois à peine. Dés hommes, que l'anthipathie le plus fortement prononcée éloignoit les uns des autres, le font rapprochées tout-à-coup ; ils se détestent, ils se méprisent ; mille fois je les ai entendu s'attaquer avec l'acharnement le plus cruel, se faire les reproches les plus amers, se permettre les inculpations les plus outrageantes ; & ils agissent de concert ! Peut-il exister de liaison vraie sans estime ? auroient-ils déposé en un instant toutes leurs haines ? seroit ce le désir de sauver l'Etat qui les auroit réunis ? Que ne puis-je le penser ! mais je me livre malgré moi aux plus tristes présages. Je ne vous parle pas du moment où nous sommes : il est affreux ; il me fait verser de larmes de sang ; l'image de la force se présente par-tout aux regards du citoyen tremblant & effrayé ; je vois les vengeances & les persécutions particulières s'approcher. Si cet orage n'étoit que passager, il faudroit avoir la force d'en supporter les ravages ; mais quel avenir il me semble nous prédire ! je crois voir nos travaux achevés, la charte constitutionnelle dressée, présentée à Louis XVI : Louis XVI proposer des modifications , des réformes, déclarerqu'à ces conditions il accepte ; des troupes étrangères placées de concert sur nos frontières pour en imposer ; de prétendus amis de l'ordre & du bonheur public s'élever du sein de l'Assemblée, exposer avec chaleur les dangers qui nous menacent, représenter que si les conditions exigées apportent quelques changemens à la constitution le fond n'en est point altéré ; qu'elle n'en restera pas moins la plus belle constitution de l'Univers ; que lorsque nous avons commencé , nous ne devions pas espérer aller aussi loin dans la car-

12

riere politique ; qu'il eſt ſage de faire de légers
ſacrifices pour obtenir une paix ſolide & durable ;
que les mécontens qui ont eſſuyé des pertes de
toute eſpece, ſatisfaits des plus foibles reſtitutions,
renonceront à leurs projets de vengeance, &
qu'enfin tous les citoyens ne formant plus qu'un
peuple de freres, la Nation ne ſera plus agitée
par de longues & douloureuſes convulſions ; les
jadis nobles & les prêtres approuver la tranſaction ; les hommes foibles y conſentir ; les chefs
& les orateurs en ſoutenir les avantages ; quelques
vrais amis de la liberté, quelques hommes jaloux
de la gloire & du bonheur de la nation, qu'on
traitera de factieux, s'y oppoſer, & la grande
majorité de l'Aſſemblée conſacrer par un décret
cette tranſaction honteuſe. Où nous conduiront
ces premiers pas rétrogrades ? Je ne ſais, mais
j'en frémis : faſſe le ciel que je me trompe dans
mes triſtes conjectures !

L'ame bouleverſée par ces penſées déchirantes,
ne ſachant plus quels ſervices il eſt en mon pou-
voir de rendre à la choſe publique, je vous l'a-
vouerai, Meſſieurs, j'ai été ſur le point de quitter
le poſte où votre confiance m'a placé. Des amis,
dans le ſein deſquels j'ai dépoſé mes peines & mes
alarmes, m'ont détourné de ce deſſein, & j'ai
ſuivi leurs conſeils.

O ma patrie ! ſois ſauvée, conſerve ta liberté
& je rendrai en paix mon dernier ſoupir.

Signé, PETION.

Paris, le 18 juillet 1791.

A

M. PETION,

ILLUSTRE FRERE, IMMORTEL AMI,

Les Amis de la Constitution qui composent
la Société patriotique de Caen, n'ont pu entendre, sans la plus vive admiration, sans la plus
profonde sensibilité, sans la plus entiere adhésion
à vos principes, la lecture que je leur ai faite de
votre mémoire. Ils en ont ordonné la réimpres-
sion, pour en répandre, avec abondance, les
exemplaires parmi les patriotes du Calvados. Ils
m'ont chargé de vous exprimer leurs sentimens,
& c'est un bienfait pour mon cœur. Je les ai
tous vus saisis & attendris. Ils vous ont proclamé
l'un des plus grands & des plus purs citoyens de
l'empire. Vous n'étiez pas là pour jouir de ces
suffrages unanimes, prononcés par la voix de la
justice, de la reconnoissance & de la liberté. J'y
étois, je jouissois pour la patrie & pour vous.
C'a été un des plus doux momens de ma vie.

Je suis, au nom de la fraternité universelle &
du vrai patriotisme qui animent la nombreuse
Société des freres & patriotes de Caen,

Homme sincere, grand Citoyen,

Votre très-fidele & très-dévoué frere & ami
✠ CLAUDE FAUCHET, Évêque du Calvados,

*Réimprimé par ordre & aux frais de la Société
des Amis de la Constitution, à Caen.*

A CAEN, de l'Imprimerie de P. CHALOPIN, Imprim. &
Membre de ladite Société.

www.ingramcontent.com/pod-product-compliance
Lightning Source LLC
Chambersburg PA
CBHW061448170626
46811CB00005B/2417